GROS OURS MUSICIEN

NICK BLAND

TEXTE FRANÇAIS
D'ISABELLE MONTAGNIER

Éditions
■SCHOLASTIC

Pour Nanna

Catalogage avant publication de Bibliothèque et Archives Canada

Bland, Nick, 1973-
[Very noisy bear. Français]
Gros Ours musicien / Nick Bland ; texte français d'Isabelle
Montagnier.

Traduction de : The very noisy bear.
ISBN 978-1-4431-4664-7 (couverture souple)

I. Titre. II. Titre: Very noisy bear. Français.

PZ26.3.B534 Grm 2015   j823'.92   C2015-901731-9

Nick a fait les illustrations de ce livre à l'acrylique sur papier.

Édition publiée par les Éditions Scholastic,
604, rue King Ouest, Toronto (Ontario) M5V 1E1 CANADA.

6 5 4 3 2 1   Imprimé en Malaisie 108   15 16 17 18 19

Au cœur de la jungle,
de la musique retentit…

et réveille un Gros Ours grincheux très endormi.

Gros Ours dit :
— Vous êtes très bruyants.
Jamais je ne pourrai dormir
avec tout ce boucan!

— Puisque tu es réveillé,
tu aimerais peut-être rester?

As-tu déjà joué du tam-tam? demande Mouton.
C'est amusant et ça fait impression!

Gros Ours grincheux voit le tam-tam et sourit.
— Ah oui! J'en ai bien envie.

Il s'assoit sur le siège minuscule.

BAM!
BANG!
BOUM!

Gros Ours tape de plus belle.

BAM!
BANG!

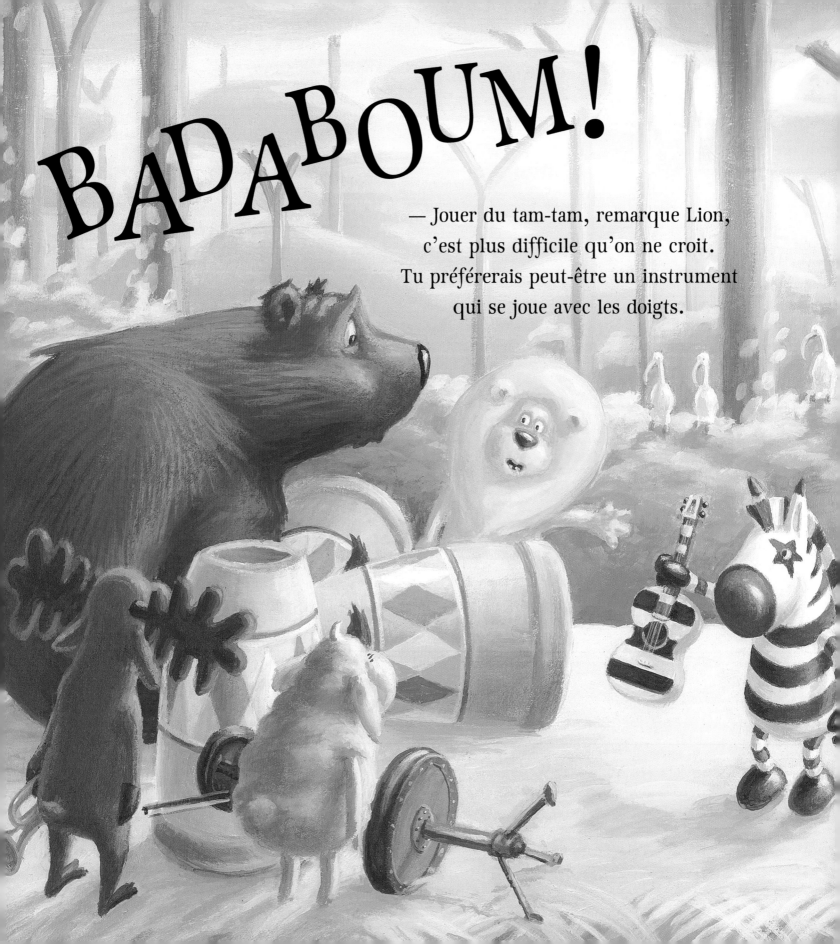

BADABOUM!

— Jouer du tam-tam, remarque Lion,
c'est plus difficile qu'on ne croit.
Tu préférerais peut-être un instrument
qui se joue avec les doigts.

Zèbre tend sa guitare rayée
à Gros Ours grincheux.

— Tiens-la comme ça, dit-il,
et gratte les cordes au milieu.

Pour commencer,
Gros Ours fait quelques accords,

puis, prenant de l'assurance,
il joue de plus en plus fort.

Mais ses griffes
sont longues et recourbées,
et bien vite
plusieurs cordes sont cassées.

— D'accord, dit Zèbre. Jouer de la
guitare, c'est vraiment tout un art.

Orignal lui tend alors sa trompette.
— Aimerais-tu essayer?

Tout ce que tu as à faire, c'est
inspirer à fond et souffler.

Après une **immense** inspiration...

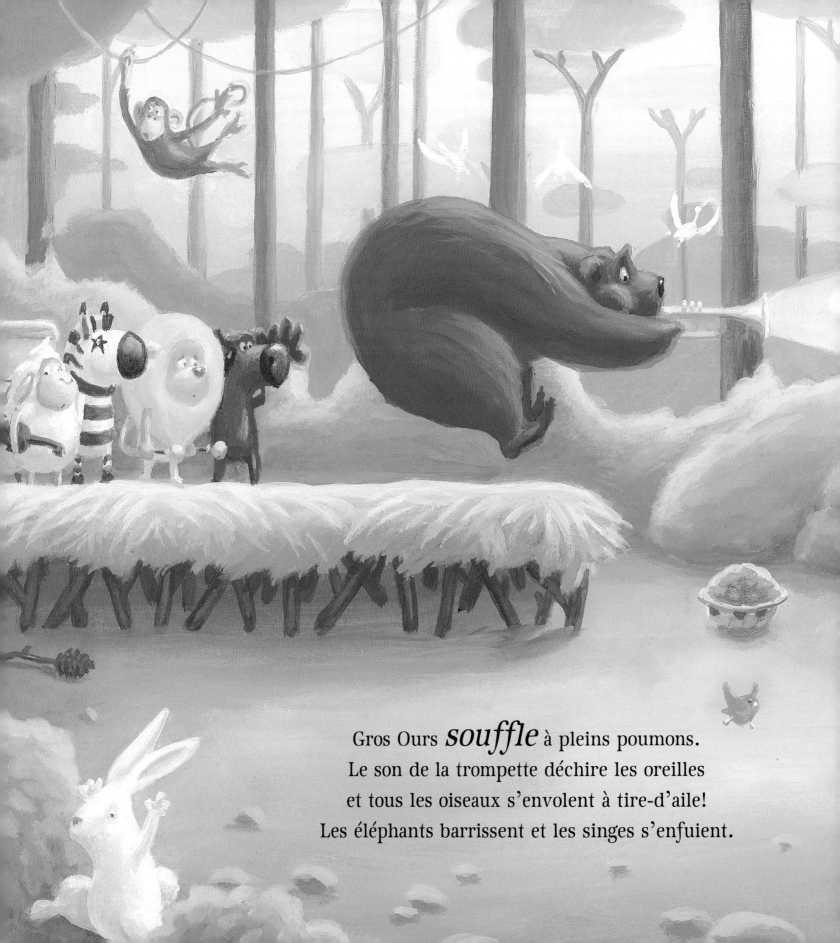

Gros Ours *souffle* à pleins poumons.
Le son de la trompette déchire les oreilles
et tous les oiseaux s'envolent à tire-d'aile!
Les éléphants barrissent et les singes s'enfuient.

POUÊÊÊÊÊT

Tout le monde se cache
ou déguerpit.

— Ça alors, dit Mouton, tu as un souffle très puissant.
Que dirais-tu d'un instrument moins bruyant?

Voici quelque chose qui pourrait te plaire.
Tiens-le comme ça et chante-nous un petit air!

Il tend le microphone à Gros Ours et se met à compter.
1, 2, 3, 4! Les musiciens jouent et Gros Ours se met à...

GROGNER!

— GROOON! dit-il dans son micro.
Grooon! Grooon! Grooon!

— Encore! crient les spectateurs.
On adore cette chanson!

Les éléphants dansent,
les singes poussent des cris.
Gros Ours grogne
en parfaite harmonie.

Puis le spectacle s'achève
et peu après, la lune se lève.

Quand les animaux dorment
à poings fermés,

Gros Ours prend un violon
et se met à jouer!